OBJETS D'ART

ET

DE CURIOSITÉ

FAIENCES, SCULPTURES, MEUBLES,
TAPISSERIES, ÉTOFFES
COLLECTION DE MONNAIES ANCIENNES

EXPOSITION PUBLIQUE

Le Mercredi 16 Novembre 1881

De une heure à cinq heures.

COMMISSAIRE-PRISEUR

M° PAUL CHEVALLIER, Succ° de M° CHARLES PILLET
10, RUE DE LA GRANGE-BATELIÈRE, 10

EXPERT

M. CHARLES MANNHEIM, 7, rue Saint-Georges.

CATALOGUE

DES

OBJETS D'ART

ET DE

CURIOSITÉ

FAIENCES FRANÇAISES ET AUTRES; QUELQUES PORCELAINES;
SCULPTURES DES XV° ET XVI° SIÈCLES; BRONZES;
OBJETS VARIÉS; MEUBLES EN BOIS SCULPTÉ ET AUTRES;
LIT FLAMAND DU XVI° SIÈCLE; QUELQUES TABLEAUX;

TAPISSERIES ET ÉTOFFES

COLLECTION DE MONNAIES ANCIENNES

DONT LA VENTE AURA LIEU

HOTEL DROUOT, SALLE N° 8

Le Jeudi 17 Novembre 1881

A DEUX HEURES.

---->>>✕<<<----

COMMISSAIRE-PRISEUR
M° PAUL CHEVALLIER, Succ' de M° CHARLES PILLET
91, RUE DE LA GRANGE-BATELIÈRE

EXPERT
M. CHARLES MANNHEIM, 7, rue Saint-Georges

Chez lesquels se trouve le présent catalogue.

---->>>✕<<<----

EXPOSITION PUBLIQUE, le Mercredi 16 Novembre 1881,

DE UNE HEURE A CINQ HEURES.

CONDITIONS DE LA VENTE

Elle sera faite au comptant.

Les adjudicataires payeront *cinq pour cent* en sus des enchères.

L'exposition mettant le public à même de se rendre compte de l'état des objets, il ne sera admis aucune réclamation une fois l'adjudication prononcée.

Paris. — Typ. Pillet et Dumoulin, 5, rue des Grands-Augustins.

DÉSIGNATION DES OBJETS

---

1 — Joli vitrail du xvᵉ siècle, composé de quantité de bustes de saints personnages.

2 — Deux médaillons ronds en cuivre champlevé et émaillé, l'un d'eux offrant le buste du Christ avec tête en relief. xɪɪɪᵉ siècle.

3 — Deux agrafes de ceinturon en bronze gravé et argenté. Époque mérovingienne.

4 — Joli verrou en fer en hauteur, avec plaque décorée d'ornements gothiques découpés à jour.

5 — Deux chandeliers en cuivre jaune tourné, avec base découpée à jour. xvɪɪᵉ siècle.

6 — Petit mortier gothique en bronze.

7 — Imprimé allemand du xvɪᵉ siècle : *Histoire romaine* avec planches. Les personnages sont représentés en costumes du xvɪᵉ siècle.

8 — Porte-enseigne en fer forgé à rinceaux et portant des traces de dorure.

9 — Vidrecome en serpentine, garni en cuivre gravé et doré. xvii⁰ siècle.

10 — Deux custodes en bois sculpté et doré. xiii⁰ siècle.

11 — Deux statuettes de saints personnages debout, en cuivre doré, sur socles en bronze. xvii⁰ siècle.

12 — Deux cachets en argent, l'un d'eux aux armes de Bouillon, avec manche en bois, et l'autre portant la lettre F ainsi que la date de 1515, avec manche d'agate.

13 — Agrafe ovale en fer, avec chiffre et ornements incrustés d'or. Époque Louis XVI.

14 — Lustre en fer forgé à trois rangs de lumières. xvi⁰ siècle.

15 — Grande mandoline du xviii⁰ siècle, en forme de lyre.

16 — Petite coupe ronde et basse en argent repoussé à ornements et offrant au centre un cerf debout.

17 — Boîte ronde en écaille blonde galonnée d'or et ornée de deux miniatures. Époque Louis XVI.

18 — Autre boîte ronde du temps de Louis XVI, en vernis de Martin, à bandes burgautées ; le dessus est orné d'une miniature, portrait de femme.

19 — Groupe en argent repoussé et doré : coq debout sur un panier d'œufs renversé.

20 — Fort lot de monnaies de bronze, d'argent et d'or.

21 — Planche de cuivre gravé : Portrait du roi Louis-Philippe.

SCULPTURES

22 — Bois peint. — Deux saints personnages debout. xvi° siècle.

23 — Pierre. — Dessus de monument composé d'un arceau à plein cintre flanqué de deux figures de génies ailés. École de Germain Pilon.

24 — Bois. — Grande croix dont les branches se terminent par les symboles des évangélistes et par des fleurs de lis. xv° siècle.

25 — Pierre. —Figure de donataire agenouillé. xvi° siècle.

26 — Marbre blanc. — Baiser de paix cintré présentant le monogramme du Christ et des rubans en relief xv° siècle.

27 — Albâtre peint. — Statuette-applique de saint Marc debout. xiii° siècle.

28 — Marbre blanc. — Six médaillons ovales sculptés en bas-relief, représentant les Saisons et des sujets allégoriques ; le tout figuré par des bustes de femmes.

29 — Terre cuite. — Haut-relief en terre cuite peinte : saint Jérôme en prière. xviie siècle.

30 — Buis. — Statuette de jeune femme assise sur un siège d'agate et tenant un miroir. Cette pièce est garnie de vermeil et de pierreries.

31 — Bois. — Petit groupe de la Vierge portant l'Enfant Jésus. xviie siècle.

32 — Ivoire. — Statuette de Vierge debout. xviie siècle.

33 — Ivoire. — Cuilleron avec manche court composé d'une cariatide et de rinceaux découpés. xviie siècle.

34 — Terre cuite. — Jeune femme nue à demi couchée sur un lit de repos. Attribuée à Falconet.

35 — Terre cuite. — Médaillon ovale représentant le triomphe de Neptune.

36 — Bois. — Petit groupe représentant la Vierge debout portant l'Enfant Jésus. xviie siècle.

FAÏENCES

37 — Deux jolies tasses avec soucoupes en ancienne faïence de Marseille, décorées de médaillons, sujets champêtres encadrés de dorure.

38 — Autre tasse en faïence de Marseille, décor polychrome à fleurs.

39 — Tasse haute avec soucoupe festonnée, en faïence de Moustiers, décor polychrome à fleurs.

40 — Autre tasse en faïence de Moustiers, décorée de sujets chinois en camaïeu vert.

41 — Fontaine-applique en ancienne faïence de Moustiers, décor polychrome dans le goût de Bérain.

42 — Plat oblong de même faïence, portant en décor polychrome les insignes du Grand-Orient de Béziers.

43 — Jolie théière en ancienne faïence de Marseille, décor polychrome à fleurs et ornements dorés. (Vᵉ Robert.)

44 — Porte-huilier avec burettes en ancienne faïence de Moustiers, décor bleu dans le goût de Bérain.

45 — Plateau à bords festonnés en faïence de Castelli, décoré d'un sujet de chasse d'après Tempesta.

46 — Surtout de table en ancienne faïence de Strasbourg, décor polychrome à fleurs, sur pied en bois peint.

47 — Plateau rond sur piédouche en faïence de Castelli, décoré d'une figure allégorique dans un paysage, et dans le fond Adam et Ève chassés du paradis.

48 — Bouteille en faïence de Nevers.

49 — Surtout de table en faïence allemande, à mufles de lion en relief et décor bleu. Support en bois peint.

50-55 — Quantité de plats et assiettes en anciennes faïences des diverses fabriques françaises.

56 — Soupière oblongue en ancienne faïence de Marseille, décor polychrome à fleurs.

57 — Écuelle avec couvercle et plateau en faïence de Nove, décorée de médaillons de paysages et de fleurs.

58 — Hanap en faïence de Nevers à décor bleu.

59 — Grand plat rond de même faïence et de décor analogue.

60 — Soupière oblongue en faïence de Lorraine, décor polychrome à fleurs et portant les armes du duc de Guise, archevêque d'Albi.

61 — Trois petits vases en faïence de Delft, décor polychrome à figures.

PORCELAINES

62 — Joli hanap en ancienne porcelaine de Chine, décoré de fleurs, d'oiseaux et d'ornements en émaux de la famille verte.

63 — Deux vide-poche formés chacun d'une figurine à demi couchée en porcelaine de Saxe.

64 — Tasse droite avec soucoupe en ancienne porcelaine tendre à bord bleu rehaussé de dorure et décorée d'oiseaux et d'insectes.

65 — Vase en forme de balustre à deux anses, en ancienne porcelaine craquelée gris de la Chine.

66 — Deux petites potiches en ancienne porcelaine du Japon réticulée à jour et décor d'oiseaux en bleu, rouge et or.

67 — Deux sucriers en porcelaine du Japon.

BRONZES

68 — Grand socle de pendule de la fin du xviiie siècle en bronze ciselé et doré en partie. Il renferme un jeu d'orgue.

69 — Petit cartel porte-montre de style Louis XIV en cuivre jaune avec façade décorée d'un mascaron et de cariatides. Il est accompagné de sa montre.

70 — Galerie de cheminée en bronze à balustres et graines. Epoque Louis XVI.

71 — Statuette d'amour remouleur en bronze doré, de la fin du xviiie siècle.

72 — Petit buste de Voltaire en bronze sur socle cannelé en marbre noir.

73 — Pendule du temps de Louis XVI en bronze et marbre.

74 — Autre pendule Louis XVI en bronze et marbre.

75 — Pendule du temps de l'Empire en bronze et dorure.

MEUBLES

76 — Grand lit flamand du xvie siècle en bois sculpté.

77 — Petit bahut orné de deux cariatides finement sculptées. xvie siècle.

78 — Lit Louis XVI en bois sculpté, garni de ses tentures en soie ponceau.

79 — Bahut en bois sculpté, les angles ornés de cariatides et la face décorée de panneaux cintrés ornés de bas-reliefs. Travail de la fin du xvie siècle.

80 — Cadre de glace en bois sculpté avec branchages pris
dans la masse. Il est accompagné d'un tableau de fruits
encadré de même.

81 — Deux torchères Louis XIII en bois sculpté et peint
en blanc.

82 — Six fauteuils Louis XVI en bois sculpté couverts de
brocatelle à fond groseille.

83 — Cinq autres fauteuils Louis XVI couverts de damas
rouge.

84 — Ecran Louis XV en bois laqué brun et or garni d'une
tapisserie japonaise à fond bleu clair.

85 — Très grand fauteuil en bois sculpté très fin de travail
xviiie siècle.

86 — Petite table ovale en bois de placage, époque
Louis XV.

87 — Petite table Louis XVI en bois de rose.

88 — Petite table triangulaire sur pieds cintrés.

89 — Petite console, arrondie à ses extrémités en bois de
placage. Époque Louis XVI.

90 — Jardinière ovale à quatre pieds et pourtour à jour
en bois d'acajou et moulures de cuivre. xviiie siècle.

91 — Coffre oblong à couvercle bombé en laque noir à décor en relief.

92 — Console cintrée, à un seul pied en bois sculpté. Époque Louis XVI.

93 — Petite console Louis XV en bois sculpté à dessus de marbre.

94 — Deux grands cadres Louis XVI en bois sculpté et doré.

95 — Dessus de porte en bois sculpté du temps de Louis XV rehaussé de dorure.

96 — Très grande armoire en bois de chêne sculpté ; les angles arrondis sont ornés de pilastres. Epoque Louis XV.

97 — Encadrement de rosace de plafond en bois sculpté du temps de l'Empire composé de bustes, de cygnes et de festons de lauriers.

98 — Deux encoignures du temps de Louis XVI en bois sculpté et peint en blanc.

99 — Deux fauteuils Louis XIII en bois de chêne sculpté.

100 — Petite banquette Louis XV en bois sculpté.

101 — Douze sièges variés de formes et d'époques. Ce lot sera divisé.

102 — Grand cadre Louis XV en bois sculpté de forme carrée.

103 — Deux panneaux Louis XII en bois sculpté.

104 — Pendule plaquée d'écaille et garnie de bronze.

ÉTOFFES

105 — Quatre tapisseries, verdure, à oiseaux et riches bordures.

106 — Tapisserie au point, représentant la Vierge et l'Enfant Jésus sous un dais et entourés de cornes d'abondance et de rinceaux. xvi⁰ siècle.

107 — Beau lot d'ancien damas de soie ponceau.

108 — Lot de brocatelle ponceau.

109 — Coupe d'étoffe de soie à dessin bleu clair sur fond jaune d'or.

110 — Six morceaux de cuir gaufré et doré, de travail italien.

111 — Trois croix de chapes brodées à figures et ornements en soies et or. xvi⁰ siècle.

112 — Petite bannière brodée représentant deux anges soutenant un ostensoir. xvi⁰ siècle.

113 — Grand tapis à fond vert et fleurs.

114 — Grand tapis de la Savonnerie à fleurs sur fond blanc.

115 — Dessus de banquette en tapis de la Savonnerie.

116 — Giberne de cavalier, brodée en or et portant les armes d'Angleterre.

117 — Fort lot de velours d'Utrecht à fond grenat.

118-119 — Deux grands tapis de Perse à dessins variés.

TABLEAUX

120 — Panneau octogone en hauteur représentant l'Enfant Jésus, adoré par un grand nombre de personnages. Ecole de Bruges au xvi⁰ siècle.

121 — Ecole primitive. — Paysage avec personnages.

122 — Ecole italienne de la fin du xv⁰ siècle. — Devant de coffre peint en grisaille.

123 — Deux pastels ovales en largeur. — Sujets champêtres.

124 — Dessin en grisaille représentant un sujet allégorique de la naissance et de la mort du Christ. xviiie siècle.

125 — Tableau : Fruits et fleurs.